Riez citoyens

Pièce de théâtre
Par Kay

© 2021, Cley Bodet
Édition : BoD – Books on Demand,
12/14 rond-point des Champs-Élysées, 75008 Paris
Impression : BoD - Books on Demand,
Norderstedt, Allemagne
ISBN: 9782322269112
Dépôt légal : Juin 2021

PERSONNAGES

Kay, *un metteur en scène*
Eric, *un résistant, ami d'enfance de Kay*
Hedwige, *une résistante de la quarantaine*
Clément, *un jeune homme*
Léna, *une jeune femme, proche de Kay*
Capitaine de Rémur, *capitaine des miliciens*
Lieutenant Leblanc, *lieutenant dans la milice*
L'Ultime Guide, *une présence*
Le Conseiller de l'Ultime Guide, *un vieux monsieur*
Des miliciens
Le responsable de la Culture
Charles et Louise (comédien.ennes de la troupe de Kay)

ACTE I

SCÉNE 1

Hedwige et Clément.

Clément étend son linge, il semble guilleret, sifflotant. Hedwige entre portant une grande panière de linge.

HEDWIGE. Oh bah tiens, Clément est là ! J'aurais dû le deviner, t'es le seul qui arrive à siffloter joyeusement dans le coin.

CLÉMENT. Ah, Hedwige ! Tu sais pourtant que j'étends ma lessive tous les mercredis matin, pourquoi tu ne viens pas un autre jour si tu veux éviter ma joie ?

HEDWIGE. C'est pas que je veux l'éviter Clément, c'est qu'aujourd'hui, je suis pas d'humeur. *Elle commence à étendre énergétiquement son linge.*

CLÉMENT. Qu'est-ce qu'il t'arrive encore Hedwige ?

HEDWIGE. *Sarcastique.* Oh rien, j'ai juste appris par des bruits qui courent, que la milice passerait faire un contrôle aujourd'hui.

CLÉMENT. Mais ils ne passent jamais le mercredi. *Il continu d'étendre son linge.* Ce n'est pas leur jour de congé ?

HEDWIGE. Justement ! On a rien à suspecter en ce qui concerne un contrôle car ils ne sont pas censés être là ! Sauf que nous, on est plus futé que celui-là haut : l'Ultime Guide. On ne se laissera pas faire si facilement !

CLÉMENT. Pourquoi tu viens étendre ton linge si tu sais qu'ils peuvent arriver à tout moment ?

HEDWIGE. *Sarcastique.* Non mais t'as raison, j'aurais dû l'étendre chez moi, l'humidité pourrait faire pousser des jolis champignons sur le parquet pour les mettre dans le ragout du soir ! Oh, mais j'oubliais les trous de toit et les fenêtres manquantes… *A Clément.* T'inquiète l'humidité sera vite partie. *A elle-même.* De toute façon c'est pas comme si on avait les moyens de faire des ragouts. C'est les miliciens qui vont être déçus.

CLÉMENT. Ce n'est qu'un simple contrôle. Nous en avons tout le temps.

HEDWIGE. *Grave.* Les contrôles sont violents Clément. Toi tu restes souvent chez toi par peur de les croiser mais pas moi. Ça fait trente ans que ce gouvernement pourris est en place ! Et ça fait vingt-cinq ans que je gueule !

CLÉMENT. *Il essaie de faire parler Hedwige moins fort.* J'ai vécu des contrôles Hedwige, mais moi je suis coopératif. Ils veulent voir mes papiers ? Je leur donne. Ils veulent avoir des preuves que je ne fais rien contre le gouvernement ? J'en suis une à moi-même ! *Il montre ses faibles muscles.*

HEDWIGE. *Elle regarde Clément et rit.* Tu ne pourrais même pas me faire vaciller avec ta force de mouche.

SCÉNE 2

Les mêmes et Lena.

Lena entre avec son linge.

LENA. Désolé du retard ! Comment va tout le monde ?

HEDWIGE. Oh bah tiens, voilà Lena ! *Elle étend son linge de son côté.*

LENA. T'es de mauvaise humeur Hedwige ?

CLÉMENT. C'est la seule constamment de mauvaise humeur dans le coin.

LENA. *A Clément.* Qu'est-ce qu'il lui arrive encore ?

CLÉMENT. C'est que la milice aurait prévu un contrôle aujourd'hui.

LENA. Un mercredi ?

Clément acquiesce.

LENA. Bon, et bien ça veut dire que leur jour de congé a changé ! Nous aurons notre vendredi pour nous maintenant.

HEDWIGE. *Elle s'avance vers Lena.* Oh, tu ne vas pas nous étaler ta positivité de bon matin ! On combat pas l'oppression avec des rayons de soleil et des papillons ! Sinon Kay aurait déjà défait le gouvernement depuis longtemps.

LENA. Je trouve que Kay fait quelque chose de bien.

CLÉMENT. Je suis d'accord avec Lena, quand je vais voir ses pièces ça me fait beaucoup de bien !

LENA. Ses textes sont si drôles ! Tout le monde sort du théâtre avec le sourire.

CLÉMENT. C'est un résistant à sa manière.

HEDWIGE. *Elle tique sur le mot « résistant ».* Le théâtre moi ça m'intéresse pas, ses pièces sont connues certes, mais de là à dire que c'est de la résistance… Moi il m'embourbe l'esprit plus qu'autre chose quand il parle.

CLÉMENT. Quand il est là on pense à autre chose.

LENA. Clément a raison, Kay c'est … Une bouffée d'air frais !

SCÉNE 3

Les mêmes et Eric.

ERIC. *Il entre.* Si vous pensez que Kay amène l'air des Alpes, on voit que ce n'est pas vous qui vous le coltinez tous les jours !

HEDWIGE. *Ravi.* Oh ! Eric ! Enfin quelqu'un de sensé !

ERIC. *Il salut les autres de loin, il prend Hedwige à part.* Justement Hedwige, j'ai à te parler. On prévoit une action avec le groupe.

HEDWIGE. Quand ?

ERIC. Tout sera envoyé par lettres codées.

CLÉMENT. Tu n'étends pas ton linge aujourd'hui Eric ?

ERIC. Holà non ! J'ai appris le changement de planning de la milice.

LENA. C'est rare de te voir sans Kay.

ERIC. *Blagueur.* Ne dis pas plus son nom ! Tu

pourrais l'invoquer.

HEDWIGE. Bof, il ne se fera pas arrêter de toute façon. *Avec amertume.* On ne touche pas aux artistes qui travaillent avec le gouvernement. Donc il doit être occupé à pas grand-chose, comme d'habitude.

ERIC. Il m'a dit qu'il écrivait sa prochaine pièce.

HEDWIGE. C'est bien c'que j'dis.

LENA. Quelle bonne nouvelle ! C'est une comédie ?

ERIC. Une comédie romantique même ! Il m'a dit être inspiré en ce moment.

HEDWIGE. Je comprends pas comment vous supportez ce gars ! « Qu'est-ce qu'il est talentueux », « Qu'est-ce qu'il est beau », « Qu'est-ce qu'il nous fait oublier qu'on vit dans un monde de merde » ! Il. Est. De. Leur. Côté.

CLÉMENT. Il ne peut pas faire autrement, si ses pièces ne sont pas approuvées par la commission de l'Ultime Guide il risque de …

HEDWIGE. Des excuses, que des excuses !

ERIC. Il fait bien ce qu'il veut !

HEDWIGE. Pas quand je suis là !

LENA. *Elle rit.* Il faudrait qu'il te croise dans un bon jour déjà !

SCÉNE 4

Les mêmes et des miliciens.

Des miliciens entrent en tenues militaires armes à la main, ils décrochent les fils de linge. Hedwige se met face aux miliciens, les autres restent derrière elle.

MILICIENS. Contrôle des papiers !

HEDWIGE. Vous pouvez toujours rêver ! J'ai été contrôlée hier et on étendait gentiment notre linge avant que vous n'arriviez.

UN MILICIEN. Ne discute pas la vieille !

HEDWIGE. *Insurgé.* La vieille ?!

UN MILICIEN. *Plus violemment.* Donne-moi tes papiers.

HEDWIGE. Certainement pas !

Face au comportement d'Hedwige, le milicien en face d'elle fait signe aux autres d'aller attraper Lena, Clément et Eric, puis il essaie de la contrôler, mais elle se débat. Tous se font mettre finalement à genoux et se font fouiller. Ils deviennent silencieux et attendent que ça passe.

SCÉNE 5

Les mêmes et Kay.

Kay entre de façon théâtrale sans regarder ses ami.es à genoux.

KAY. "Je suis un homme Madame, je respire, je peux rire, je vis. Rien de plus n'est suffisant de nos jours pour être un homme avec un grand H. Vous me demandiez tout à l'heure si je n'étais pas qu'une simple brute, ici je vous réponds que non. Les déguisements ne font pas le caractère comme votre robe ne m'indique en rien que vous êtes fortunée. Vous faites une drôle de mine. Êtes-vous déçue ? *Burlesque.* Est-ce mon manteau qui vous déplaît ? Mes chausses qui sont mal cirées ? Mes mots vous parviennent-ils comme des lames aiguisées ?"

Vers la fin de la tirade, les miliciens emportent les autres en coulisse, bruit de lutte au loin. Puis Eric entre en trombe, son haut de travers.

ERIC. Qu'est-ce tu fou Kay putain ?!

KAY. *Content.* Je récite !

ERIC. *Exaspéré, avec un agacement étouffé.* Qu'est-ce que tu récitais ?

KAY. Une partie d'une tirade de mon prochain personnage ! Je ne lui ai pas encore donné de nom mais c'est un trublion noble, donc très amusant à écrire … *Il ajuste le haut d'Eric.* Tu devrais faire attention à tes vêtements Eric.

ERIC. Excuse-moi Kay mais les autres ont été emmenés, je vais voir s'ils vont bien.

KAY. *Naïf.* Où ont-ils été emmenés ?

ERIC. Au camp de la milice.

KAY. Oh … Tu veux que je vienne ? Appuyé de ma présence, ils les relâcheront plus facilement.

ERIC. Non, ne t'attire pas d'ennuis ! Je vais gérer ça seul, je viendrais te voir si j'ai des problèmes. Là c'est juste parce qu'Hedwige a gueulé …

ERIC ET KAY. Encore.

Ils rient. Eric tape l'épaule de Kay puis sort.

SCÉNE 6

Kay et Hedwige.

Dans le bar que tient Hedwige.

Kay s'assoit à une table, il écrit sa prochaine pièce, Hedwige est au comptoir.

KAY. *Il pense tout haut.* Et là il dirait… Non, il faut qu'il soit plus romantique à ce stade de l'histoire…

Hedwige l'observe, visiblement agacé, silencieuse.

KAY. *Il continu à penser tout haut.* Et là, il l'approche… Oh oui ! C'est bien ça ! Et après une tension palpable …

HEDWIGE. Elle lui jette un torchon à la gueule.

KAY. Pardon ?

Hedwige lui lance son torchon à la figure.

KAY. Mais ! Tu en as du culot ! Fais attention à mes papiers !

HEDWIGE. C'est toi qui as un sacré culot de venir dans MON bar après ce qu'il s'est passé hier !

Kay ne répond pas, rassemble ses papiers et continu d'écrire.

HEDWIGE. *Elle va récupérer son torchon.* Je sais que tu ne me répondras pas. *Un temps.* Pour ton information : Lena est blessée.

KAY. *Il s'arrête d'écrire.* J'aime bien écrire ici, j'y aime beaucoup l'ambiance Hedwige.

HEDWIGE. Tsss … Même pas une pointe de culpabilité …

KAY. Tu ne vas pas non plus me faire croire que c'est de ma faute tout de même !

HEDWIGE. Je vais me gêner tiens !

SCÉNE 7

Les mêmes et Eric.

Eric entre dans le bar.

ERIC. Mmh, la prise de bec matinale ! *Il s'assoit à la table de Kay.* Hedwige, sers-moi une bière s'il te plaît.

Hedwige s'exécute sans répondre.

ERIC. Alors, Kay, comment elle avance ta pièce ?

KAY. *Il change soudainement d'expression.* Fort bien ! J'en suis à l'acte deux.

ERIC. Je me suis toujours demandé comment tu fais pour écrire si vite. Tu penses pouvoir la faire valider à la prochaine commission ?

KAY. C'est taquiner Hedwige qui m'inspire. *Il rit.* La prochaine commission est dans deux semaines, si je continue sur ma lancée mon texte sera prêt.

HEDWIGE. *Elle sert la bière d'Eric, méprisante et moqueuse.* Notre Ultime Guide du Monde t'apprécie tellement ! Tu as encore besoin de te faire valider ?

KAY. Honnêtement je ne vois la tête de l'Ultime Guide que de très loin durant mes représentations. Même s'il apprécie mes pièces, il ne fait confiance en personne, tu le sais, nous le savons tous, alors je dois faire approuver mes travaux, c'est comme ça.

HEDWIGE. C'est comme ça ? C'est comme ça ? Et tu vas te satisfaire de ça ? Avec le succès que tu as tu devrais glisser quelques critiques pour ouvrir les yeux de ton public.

KAY. *Il rit nerveusement.* Je ne suis pas si sûr de ça.

HEDWIGE. Le syndrome de l'imposteur, nous y voici ! Avouons-le, je ne t'aime pas beaucoup Kay, mais bon, tu es le plus grand théâtreux de l'hexagone, des gens se ruent pour voir tes spectacles, tu aurais beaucoup d'impact.

KAY. Je ne suis pas un politique Hedwige. *Il se lève et rassemble ses affaires.* Je vais continuer d'écrire chez moi. Eric, si jamais tu me cherche, *avec une allusion visant Hedwige,* je serais au calme.

Il sort.

SCÉNE 8

Eric et Hedwige.

ERIC. Qu'est-ce que tu as contre lui Hedwige ?

HEDWIGE. C'est lui qui squatte mon bar par provocation et c'est moi qui ai une dent contre lui ? Tsss ... La vraie question est : pourquoi es-tu autant attaché à ce gus ?

ERIC. Tu sais, nous ne sommes pas tous pareils, et s'il y a bien un « gus » qui me l'a fait comprendre c'est lui. J'aime bien sa sensibilité, ça me fait un peu décrocher des actions de la résistance, ça me fait du bien.

HEDWIGE. Ça ne sert à rien de juste « se faire du bien ».

ERIC. *Grivois.* C'est toi qui dis ça ?

HEDWIGE. Oh ! Un peu de respect pour tes aîné.es Eric !

ERIC. Je te taquine Hedwige.

HEDWIGE. Je ne rigole plus depuis longtemps !

ERIC. Lâche-toi un peu, ça te ferait du bien.

HEDWIGE. Kay a trop d'influence sur toi.

ERIC. Tu sais, tout ce qui est autour de nous nous influence avec le temps, tout comme on influence ce qu'il y a autour de nous. Un jour il finira par te toucher aussi !

HEDWIGE. *Déstabilisée, elle change de sujet.* Je ne me fais toujours pas à cette idée ! Comment avez-vous pu grandir ensemble, toi finir dans la résistance, et lui finir « artiste » aux bottes de l'État ?

ERIC. La vie est pleine de surprises, à chacun son combat.

HEDWIGE. Un combat ? Le théâtre ? Tu parles !

SCÉNE 9

Kay et Lena.

Chez Kay, un bureau sur lequel sont posés les papiers, il est avachi dans un fauteuil de l'autre côté de la pièce.

KAY. *Il caricature Hedwige.* "Avec le succès que tu as tu devrais glisser quelques critiques pour ouvrir les yeux de ton public"... Des critiques … Dans mes textes ?

Lena entre, guillerette. Elle a un bandage à une jambe.

LENA. Salut Kay.

KAY. *Surpris.* Lena ! Ta jambe va mieux ? *Il va l'aider à marcher et lui donne la place dans le fauteuil.*

LENA. Oui ça peut aller, moins je marche et mieux c'est ! Mais parlons de choses joyeuses comme je les aime ! Ta pièce ça avance ?

KAY. *Il regarde les feuilles sur son bureau.* J'ai réussi à écrire plus tôt quand j'étais dans le bar d'Hedwige.

LENA. Et maintenant tu es tout chafouin parce qu'elle t'a critiqué c'est ça ?

Il soupir en allant s'asseoir à côté de Lena, par terre. Il est détendu. Elle se penche sur l'accoudoir pour lui gratter la tête.

KAY. Quand tu es là mon monde change Lena.

LENA. *Elle rigole légèrement.* Tu dis ça

uniquement parce que je te gratte la tête, avoue-le.

KAY. *Il rigole aussi.* C'est vrai, c'est vrai. *Il prend la main de Lena.* Désolé de ne pas être venu t'aider avec la milice…

LENA. C'est normal, tu veux garder ton métier et je le comprends. Je ne craignais rien de toute façon, c'est Hedwige la grande gueule.

Il effleure les bandages de la jambe de Lena.

LENA. Tu as avancé sur mon personnage ?

KAY. *Il se lève, soudainement enthousiaste.* Je l'ai appelé Victoria, c'est une fille bourgeoise qui d'ailleurs a son petit caractère. Caractère pour lequel le personnage principal à une certaine aversion.

LENA. Ils ne sont pas censés finir ensemble ?

KAY. *Il s'emporte.* Si mais justement ! Il ne faut pas que ce soit évident, il faut un élément qui crée une tension. Il se rendrons compte de leur attirance avec le temps, les désaccords, l'intimité … *Il revient à lui, lance un regard interrogatif à Lena, ayant peur de l'ennuyer.*

LENA. *Souriante.* Continue.

KAY. *Plus calmement.* J'ai presque fini l'acte deux, j'essaie de développer quelques scènes sur leurs

familles aussi et sur les relations entre les autres
personnages …

*Il continue de raconter les éléments importants de
sa pièce pendant qu'elle écoute, attentive.*

ACTE II

SCÉNE 1

Eric, Hedwige et Clément.

Dans le bureau de la résistance.

Eric est appuyé sur une table et regarde une carte, Hedwige et Clément entrent.

HEDWIGE. Salut Eric, j'ai bien eu ta lettre.

ERIC. Salut Hedwige ! *Il remarque Clément et il s'agite.* Clément ! *Il regarde Hedwige de façon insistante.* Que fais-tu ici ?

CLÉMENT. J'ai parlé un peu avec Hedwige, je ne savais pas qu'il y avait un groupe de résistant dans notre ville … Mais elle pense que je peux être utile.

ERIC. *Surpris.* Oh ! Tu es plutôt discret d'habitude, que pourrais-tu nous apporter ?

CLÉMENT. Eh bien, je sais coudre et fabriquer des trucs…

HEDWIGE. *Elle montre son nouveau haut.* Regarde ce qu'il m'a fait ! Qu'avec de la récup' !

ERIC. *Il s'approche pour regarder.* C'est du beau travail ! *Plus sérieusement.* Tu es prêt à te joindre à la résistance ?

CLÉMENT. *Avec une once de courage.* Oui.

ERIC. D'abord, on doit te faire passer un test.

Ils l'assoient sur une chaise de force. L'ambiance est sombre.

ERIC. *Très solennel.* Clément !

CLÉMENT. *Impressionné.* Oui ?

ERIC. Lève la main droite !

CLÉMENT. *Il lève timidement la main droite.*

ERIC. Répète après moi : je jure solennellement…

CLÉMENT. Je jure solennellement…

ERIC. De garder secret ce groupe et ses membres…

CLÉMENT. De garder secret ce groupe et ses membres…

ERIC. Qu'importe les techniques de tortures employées sur moi…

CLÉMENT. *Apeuré.* Qu'im… qu'importe les techniques de tor… tortures employées sur moi …

ERIC. Face à la mort, au fouet, aux brûlures, aux coupures, à la perte d'un membre, de mes ongles ou de mes yeux, face à l'arrachement de mes rotules, de ma langue ou de mes doigts, aux bains d'acide, à la noyade et à l'écartèlement, je resterais silencieux.

CLÉMENT. *Encore plus apeuré.* Face à la mort, au f-f-f-fouet, aux bru… bru…

ERIC. Sinon je serais tué par les membres de mon groupe eux-mêmes.

CLÉMENT. *Il déglutit.*

ERIC. Bien, c'est sympa qu'un ami rejoigne la résistance ! Passons à ce qui nous intéresse. Il faut qu'on prépare le coup de la semaine prochaine, je ne sais pas si tu pourrais nous préparer ce qu'il nous faut d'ici là Clément… *Il se retourne.* Clément ?

HEDWIGE. *Elle va l'aider à se lever de sa chaise, émue.* C'est l'émotion ! Même moi, ce discours à chaque fois ça me donne une p'tite larme.

ERIC. *Il prend Clément par les épaules.* C'est toujours émouvant de s'engager comme ça pour un combat juste ! *Il retourne à sa table.* Vendredi prochain on va mettre une bombe dans le bâtiment de la milice, dans la pièce où ils rangent leurs armes, dont certainement des lacrymogènes, nous avons un contact qui est allé en repérage et qui nous a dit que nous pourrons y accéder d'ici. Si tu peux nous fabriquer des masques tu serais parfait.

CLÉMENT. *Il reprend ses esprits.* Je peux essayer oui, vous serez combien à aller poser la bombe ?

ERIC. J'irais avec Hedwige, nous avons l'habitude du terrain, il y a deux autres personnes dans notre groupe à qui j'enverrais les informations par messages codés, ils surveilleront les alentours, avec toi si tu veux nous accompagner.

CLÉMENT. *Hésitant.* Je… Je…

HEDWIGE. Aller, porte tes couilles Clément !

CLÉMENT. Je… Je veux aider à… à lutter contre la dic… dictature !

HEDWIGE. C'est bien gamin !

CLÉMENT. *Timidement.* Est-ce que je pourrais avoir des détails sur le côté torture et tout ça … ?

ERIC. Ne t'inquiète pas Clément, ça va bien se passer. Le rendez-vous est vendredi à dix-neuf heures ici pour partir ensemble.

HEDWIGE. Tu peux y aller. *Eric semble vouloir prendre la parole.* Il faut que tu commences à faire les masques.

CLÉMENT. Oh euh, oui bien sûr ! *Il sort.*

HEDWIGE. Quelles sont les nouvelles ?

ERIC. Pourquoi tu ne voulais pas qu'il entende ça ?

HEDWIGE. Pas besoin de le rendre paranoïaque le pauvre gamin.

ERIC. *Etonné.* Hedwige empathique ? Une première ! *Hedwige lève les yeux au ciel.* Le gouvernement a démantelé le groupe de résistant avec qui on avait des contacts.

Moment de silence.

HEDWIGE. En espérant que personne ne vende la mèche …

ERIC. Je ne les connais pas assez pour t'affirmer le contraire.

SCÉNE 2

Hedwige, Lena, Clément, le Capitaine de Rémur et le Lieutenant Leblanc.

Hedwige est à son comptoir, elle regarde attentivement le Capitaine buvant une chope à une table avec le Lieutenant.

LIEUTENANT LEBLANC. *Admiratif.* Comment

vous allez vous y prendre Capitaine ?

CAPITAINE DE RÉMUR. Ce sera une mission facile Lieutenant, nous devons juste remettre un message. Mais peut être que d'autres choses intéressantes se pointeront sous mon nez.

LIEUTENANT LEBLANC. Personne n'échappera à vos sens aiguisés Capitaine !

Lena et Clément entrent.

LENA. Hedwige ! Comment vas-tu aujourd'hui …

Hedwige lui fait un léger signe de tête en direction de la table du Capitaine, Lena reste figée.

CLÉMENT. *Bas, à Hedwige.* Que fait un Capitaine de la Milice ici ?

Hedwige reste silencieuse, sur ses gardes.

LIEUTENANT LEBLANC. *Ils fouillent ses papiers.* Regardez Capitaine ! *Il lui montre des papiers, le Capitaine les regarde et reconnaît les visages.*

CAPITAINE DE RÉMUR. *Il lève.* Voici les gens que je cherche ! Ça quel hasard !

LIEUTENANT LEBLANC. *Il joue mal la surprise.* Ah oui ça quel hasard !

CAPITAINE DE RÉMUR. *Il fait un geste indiquant au lieutenant de se taire. A Lena et Clément.* Venez donc vous asseoir, j'ai à vous parler.

Lena et Clément se regardent et vont s'asseoir en silence.

CAPITAINE DE RÉMUR. Je suis le Capitaine de Rémur !

LIEUTENANT LEBLANC. Et je suis le Lieutenant Leblanc, enchanté ! *Il leur tend la main amicalement, le Capitaine lui lance un regard noir.*

CAPITAINE DE RÉMUR. Allons en aux faits : je recherche notre éminent artiste Kay, selon les rapports que j'aie eu vous seriez des proches à lui. Notamment Mademoiselle Lena ici présente et Monsieur Eric qui manque à l'appel.

LENA. Qu'est-ce que vous lui voulez ?

LIEUTENANT LEBLANC. En fait nous avons des doc …

CAPITAINE DE RÉMUR. *Il fait un signe pour que le lieutenant se taise.* Cela ne vous regarde pas Mademoiselle, dîtes nous simplement où le trouver.

LENA. Kay est un artiste connu, tout le monde connait les adresses où le trouver.

LIEUTENANT LEBLANC. C'est vrai ça, nous aurions dû aller voir à son atelier …

CAPITAINE DE RÉMUR. *Même geste pour interrompre le lieutenant.* Vous savez, je ne suis que peu sensible aux arts vivants, connu ou pas, c'est la même chose pour moi. Je ne vais pas m'étendre sur le sujet. *Plus agressif.* Le fait est que je vous ai posé une question simple. *Silence.* Vous ne semblez pas vouloir y répondre.

LENA. *Sur un élan de courage.* Vous n'aviez qu'à mieux vous renseigner ! Vous n'auriez pas eu à nous déranger.

CAPITAINE DE RÉMUR. Qu'entends-je ? *Il se rapproche.* Vous semblez bien sur la défensive pour quelqu'un qui ne cache rien.

CLÉMENT. *Il essaie de se mettre en travers.* Laissez la tranquille …

CAPITAINE DE RÉMUR. *Il baffe Clément.* Je ne te parle pas à toi, je parle à la demoiselle insolente. Regarde-moi dans les yeux et affirme-moi que tu ne me caches rien. *Silence, Lena est tétanisée, il lui attrape le visage d'une main.* Un groupe de rebelles a été démantelé dans la ville voisine, nous savons qu'ils avaient des connexions avec des habitants d'ici. *Essayant d'atteindre discrètement une arme cachée dans sa veste.* Si ces personnes avaient parmi eux quelqu'un d'influent, et si tu me mens, penses bien que cela me chagrinerait au plus haut point.

Clément se fige, Hedwige semble préparer quelque chose derrière son comptoir.

SCÉNE 3

Les mêmes et Kay.

Kay entre, il découvre la scène.

KAY. *Il sépare le Capitaine et Lena, lui serrant la main qui cherchait l'arme.* Enchanté Capitaine ! Ravi de vous rencontrer enfin !

CAPITAINE DE RÉMUR. *Il dégage sa main.* Enchanté …

LIEUTENANT LEBLANC. Bonjour Monsieur ! *Il lui serre la main.* Ravi de vous rencontrer, je suis un grand admirateur de vos pièces ! Je suis venu voir …

CAPITAINE DE RÉMUR. Ne commençons pas à aborder le sujet du théâtre, cela ne m'intéresse pas. Je viens au nom de l'Ultime Guide du Monde.

LIEUTENANT LEBLANC. *Il fait un salut militaire.* Je me dévoue et je salue notre Ultime Guide du Monde à la Lumière Rayonnante de la

Seule et Vraie Vérité, le Soleil de l'Illumination des citoyens !

Les autres feintent un salut, sauf le Capitaine.

KAY. Asseyons-nous et parlons de ce qui vous intéresse Capitaine.

Ils s'assoient. Le Lieutenant les suit, Lena et Clément rejoignent Hedwige.

CAPITAINE DE RÉMUR. Je viens donc, disais-je, au nom de notre Ultime Guide du Monde.

LIEUTENANT LEBLANC. *Il fait un salut militaire.* Je me dévoue et je salue notre Ultime Guide du Monde à la Lumière Rayonnante de la Seule et Vraie Vérité, le Soleil de l'Illumination des citoyens !

Kay fait un salut désabusé.

CAPITAINE DE RÉMUR. Effectivement il vit une défaite amoureuse terrible. Or, les rumeurs disent que votre prochaine pièce serait une comédie romantique.

KAY. Je vois où cela nous mène.

CAPITAINE DE RÉMUR. Voyant et clairvoyant. Vous êtes un homme plein de lucidité et je lis dans votre regard que vous avez déjà pris la bonne décision. *Il se relève.* Nul besoin d'en dire plus, remettez-vous au travail et soyez ponctuel. Notre Ultime Guide du Monde …

LIEUTENANT. *Il fait un salut militaire.* Je me dévoue et je salue notre Ultime Guide du Monde à la Lumière Rayonnante …

CAPITAINE DE RÉMUR. *Énervé.* La ferme lieutenant ! *Il se reprend.* Notre Ultime Guide compte sur votre pièce. Il serait triste si vous ne parvenez pas à finir votre texte pour la prochaine commission. S'il y a un quelconque problème, je serais plus que ravi de venir pour … régler vos soucis avec le gouvernement. *Il se dirige vers la sortie.*

LIEUTENANT LEBLANC. Merci beaucoup de votre accueil, au plaisir de vous revoir maître Kay !

CAPITAINE DE RÉMUR. Ramenez-vous lieutenant !

Ils sortent.

Un silence tendu règne, ils attendent le départ définitif du Capitaine. Kay se lève et va voir Lena.

KAY. *Il la prend dans ses bras.* Ça va ?

LENA. *Elle se blottit contre lui.* Oui merci.

CLÉMENT. Désolé Lena, je n'ai rien pu faire …

LENA. Tu en a déjà fait beaucoup Clément.

HEDWIGE. Tu lui as envoyé une de ses répliques dans sa face ma Lena ! Tu m'impressionne petite ! *S'énerve.* Et toi Kay !

KAY. Quoi "et toi Kay" ? Qu'est-ce que j'ai fait de mal cette fois ?!

HEDWIGE. C'est quand que tu vas arrêter d'être le toutou du gouvernement ?

KAY. Pardon ?

HEDWIGE. Tu vas leur laisser te dire quoi faire avec ta pièce ?

KAY. Parce que tu crois qu'il en est autrement ? Je suis obligé de leur obéir si je veux ...

HEDWIGE. "Je suis obligé de leur obéir si je veux continuer mon métier" bla bla bla. Tu sais, c'est pas un secret, j'aime pas le théâtre, j'aime pas le bla bla, et je t'aime pas toi non plus, mais je vais te poser une bonne question, d'accord tu aimes ton métier, mais aimes-tu vraiment ce que tu fais quand on bride ta créativité comme ça ?

KAY. Comment ça ?

HEDWIGE. Imagine un instant un monde dans lequel tu créerais des pièces comme tu veux, un monde où tu écrirais sans qu'un connard soit derrière toi en se plaignant comme ça. *Parodiant.* "J'ai vécu une défaite amoureuse, donc je ne veux pas que ça parle d'amour. Ce matin j'ai mis mon Ultime Couronne à l'envers du coup je veux que tout le monde ait son chapeau à l'envers. Et puis l'autre jour quelqu'un m'a fait un croche-pied, du coup j'interdit les pieds !". Imagine un public plein de gens du peuple libre de venir te voir, un public où il n'y aurait aucun représentant du gouvernement, un public qui ne pourrait pas te tuer au moindre faux pas. Un théâtre libre ! Tu y as pensé à ça ?

KAY. *Il réalise.* Non, je n'y avais pas pensé …

HEDWIGE. Ah ah ! Y en a dans ce cerveau d'vieille !

KAY. Je … je vais continuer d'y penser ailleurs. *Il sort.*

LENA. Tu deviens sensible au théâtre Hedwige ?

HEDWIGE. Holà non ! Mais le petit a besoin qu'on lui ouvre les yeux.

SCÉNE 4

Eric et Kay.

Chez Eric, il est pensif. Kay entre.

ERIC. Oh Kay ! Quel bon vent t'amène ?

KAY. Hedwige vient de me faire avoir une prise de conscience …

ERIC. Hedwige a fait quoi ? C'est possible ça ?

KAY. Crois-moi je suis tout aussi surpris que toi !

Ils rient.

ERIC. *Exagérant.* Qu'est-ce qu'elle t'a dit pour te remettre en question, toi, le grand Kay ?

KAY. *Humble.* Quand même ! *Il change de sujet.* Dis-moi, tu m'avais dit avoir étudier l'histoire de l'ancien monde non ?

ERIC. Celui avant l'Ultime Guide ? Oui c'est vrai.

KAY. Est-ce que les hommes préhistoriques faisaient du théâtre ?

ERIC. *Rigolant.* Non Kay, les choses que j'ai apprises ne sont pas dans notre programme scolaire.

KAY. Qu'est-ce que tu veux dire ?

ERIC. Kay, tu es un homme intelligent, est-ce que tu penses vraiment que l'Ultime Guide est descendu du ciel dans un rayon de lumière battant de ses ailes argentées apportant intelligence et connaissance grâce à son aura dorée, faisant évoluer l'homme préhistoriques en homme civilisé d'aujourd'hui ?

KAY. *A moitié convaincu.* C'est vrai que maintenant que tu le dis, ça paraît invraisemblable … Mais qu'est-ce qu'il y aurait eu avant nous alors ?

ERIC. Des hommes.

KAY. Des hommes ?

ERIC. Mais avec un autre gouvernement.

KAY. Un autre gouvernement ?

ERIC. Sans Ultime Guide.

KAY. Sans Ultime Guide ? Mais où tu as vu tout ça ?

ERIC. Dans des livres d'Histoire de l'ancien monde.

KAY. Mais tout ce qui vient de l'ancien monde est interdit Eric !

Eric part fouiller dans un coin secret, il revient avec une pile de livre de l'ancien monde.

ERIC. Voilà mon trésor ! L'encyclopédie, les livres

d'Histoire des écoles d'avant, Verlaine, Victor Hugo … Et même du théâtre ! Tu devrais lire du Molière, ou du Goldoni, ce serait ton truc.

KAY. *Il découvre les livres, entre peur et émerveillement.* Eric, tu pourrais être exécuter sur le champ si la milice découvrait ça !

ERIC. Au moins je me serais instruit !

KAY. *Il continu de feuilleter les livres.* Ici ils disent qu'il y a eu des Rois … Et plus loin ils parlent de … Quoi ? L'Europe ? Comment tu as eu tout ça sans que je le sache ? On a passé notre enfance ensemble !

ERIC. J'ai vite compris que si je gardais ces livres j'étais en danger, et je ne voulais pas te causer du souci juste parce que je suis curieux.

KAY. *Perdu dans les livres.* Et pour le théâtre ?

ERIC. Il y a de la matière ! Par quoi tu veux commencer ?

KAY. Comment ça marchait dans l'ancien monde ? Les théâtres, les représentations, tout ça …

ERIC. On va commencer à l'époque médiévale. *Il attrape un livre.*

KAY. L'époque comment ?

ERIC. Médiévale. Bon, vu que pour une fois c'est moi qui vais t'apprendre quelque chose, tu te tiens bien et tu écoutes !

KAY. *Enfantin.* Oui maître Eric.

Ils rient.

ERIC. La plus ancienne forme de théâtre qui ait existé date de la Grèce antique, c'était bien après les hommes préhistoriques, il y a même eu d'autres civilisations, d'autres cultures, d'autres genres de théâtre !

Il continu son exposé sur l'histoire du théâtre en s'appuyant sur les livres.

SCÉNE 5

Lena, Eric, Hedwige et Clément.

Ils ont tous les quatre des lunettes et des masques à la main. Hedwige a un gros sac.

ERIC. C'était le Capitaine de Rémur tu me dis ?

HEDWIGE. Oui, il a d'ailleurs parlé de toi, il nous soupçonne c'est certain, on devrait le garder à l'œil.

LENA. Toutes les villes ont un groupe de résistant de nos jours de ce que vous m'avez dit, après à savoir s'il a des preuves contre nous.

ERIC. J'aurais dû être là.

HEDWIGE. T'inquiète ! Lena a tenu face au Capitaine !

ERIC. Je pensais que tu étais plutôt du côté de Kay niveau philosophie de vie.

LENA. A vrai dire, je l'étais qu'à moitié. Tu sais, quand j'étais petite, ma mère a été agressée par un milicien, elle a disparu deux semaines puis elle est revenue malade et fatiguée. Elle n'a jamais voulu m'en parler et elle a commencé à se concentrer sur les choses positives pour oublier, mais je sais très bien qu'elle a vécu était grave. Et hier, l'attitude de ce Capitaine … J'ai vu dans ses yeux la haine la plus noire, j'ai vu qu'il jubilait alors qu'il me tenait… Non, c'est fini ça !

HEDWIGE. C'est bien ma grande ! Bienvenue dans la résistance !

CLÉMENT. Désolé de casser l'ambiance mais elle, elle n'a pas eu le petit test d'entré …

LENA. Le quoi ?

ERIC. Le rien.

CLÉMENT. Comment ça le rien ?

Un bruit.

ERIC. *Bas.* C'est le signal.

CLÉMENT. Pourquoi moi …

ERIC ET HEDWIGE. Chut !

CLÉMENT. *Bas.* Pourquoi moi et pas elle ?

ERIC. *Bas.* Parce que pas elle.

LENA. *Bas.* Pas moi quoi ?

ERIC. *Bas.* Pas toi.

CLÉMENT. *Bas.* C`est injuste …

ERIC. *Bas.* Mettez vos protections on y va.

Ils mettent leurs protections et sortent, sauf Clément.

CLÉMENT. *Bas, aux autres.* La torture ça fait peur quand même. *Il se résout à y aller et sort.*

SCÉNE 6

Hedwige, Lena, Eric et Clément.

Dans le bar d'Hedwige, ils ont tous une chope à la

main.

HEDWIGE. A nous et notre réussite !

Ils trinquent joyeusement.

ERIC. Et bravo à Clément et Lena qui ont fait leur première sur le terrain !

HEDWIGE. Oui bravo à vous !

LENA. Ça fait du bien ! J'ai l'impression de reprendre le contrôle de quelque chose.

HEDWIGE. Fêtons ça dans les formes !

Ils trinquent et rient.

LENA. D'ailleurs, je vous ai raconté ma petite vie tout à l'heure mais vous, comment êtes-vous arrivé dans la résistance ?

HEDWIGE. *Fière.* C'est moi qu'ai lancé le groupe de résistance d'ici ! Mes parents étaient résistants dans une ville du Nord, un des premiers groupes à avoir été démantelé, ma tante s'est faite passer pour ma mère pour ne pas que la milice m'emmène.

CLÉMENT. Tes parents sont devenus quoi ?

HEDWIGE. Jamais revu ! Ils sont certainement morts. *Lena et Clément sont attristés.* Ne vous inquiétez pas les gamins, c'est vieux tout ça pour moi, je continue leur combat ! Raconte-leur notre rencontre Eric !

ERIC. Et quelle rencontre ! Quand j'étais petit, j'allais prendre des anciens livres dans une bibliothèque abandonnée quand Kay rentrait chez lui, et là j'ai croisé Hedwige, grande et imposante, alors que je faisais quelque chose d'interdit.

HEDWIGE. Je lui ai fait peur au minot.

ERIC. *Il rit.* Je ne faisais pas le fier ! Puis elle m'a dit un truc du style : « T'inquiète pas gamin, moi aussi je me renseigne sur l'ancien monde ». Puis après je l'ai recroisé plusieurs fois, plus tard j'ai commencé à aller chez elle pour qu'on partage les livres qu'on trouvait, puis s'est allé tout seul, vers mes seize ans je faisais des actions avec la résistance.

HEDWIGE. Il était jeune mais dégourdis, pas comme Kay qui te suivait comme un toutou.

ERIC. Plusieurs fois je lui ai menti pour venir te voir. Je ne voulais pas qu'il se mette dans des histoires compliquées comme ça, il était sensible.

LENA. Et toi Clément ? Tu es dans la résistance depuis longtemps ?

CLÉMENT. Non, ça fait que quelques jours, Hedwige m'a recruté pour mes talents artisanaux apparemment. Ça ne me serait pas venu tout seul de rejoindre un groupe comme ça, j'ai une vie plutôt simple.

LENA. La liberté concerne tout le monde.

HEDWIGE. Sur le terrain tu étais hésitant mais avec le temps ça viendra !

SCÉNE 7

Les mêmes et Kay.

Kay entre avec des feuilles.

KAY. *Surpris.* Oh, vous êtes tous là.

HEDWIGE. Oh non, pas lui !

LENA. *Joyeuse.* Kay !

ERIC. Que viens-tu faire ici si tard ?

KAY. Je vous cherchais en fait. Plus précisément Lena.

LENA. Qu'est-ce que tu voulais ?

KAY. Je ne sais pas quoi penser de ma pièce.

CLÉMENT. Tu l'as réécrite du coup ?

KAY. Je n'ai pas eu trop le choix.

LENA. Tiens, laisse-moi voir. *Elle prend ses feuilles et les lit.*

KAY. Quelle assurance.

ERIC. Tu déposes ton texte quand ?

KAY. Demain, c'est le dernier délai.

HEDWIGE. Imposes-leur la première version et envoies les paître !

ERIC. Arrête avec ça Hedwige.

CLÉMENT. Tu sais qu'il ne peut pas.

LENA. J'aime bien !

KAY. Vraiment ?

LENA. Oui, c'est vraiment bien. Bon, il n'y a plus la romance qui était prévue à la base, mais tu as transformé mon personnage en femme de caractère et j'aime beaucoup ça.

HEDWIGE. Parce que Monsieur a fait un personnage pour toi ?

KAY. Qu'est-ce qu'il t'arrive Hedwige ? Tu es jalouse ?

ERIC. Tu veux un personnage à ton effigie ?

HEDWIGE. Non merci ! Il serait capable de me faire passer pour une mégère !

ERIC. *Il rit.* C'est possible oui.

KAY. *Il rit aussi.* Si peu ! *Pensif.* En vérité, je te verrais bien cheffe de quelque chose … Comme … *Il réfléchit.* Une cheffe de famille ! Ou … De Commando l'élite… Non ! D'un groupe de résistance ! *Il mime.* Des gens qui râlent, et qui ne sont jamais content.

Les autres rient nerveusement.

KAY. Ça t'irait bien ça comme personnage ! Une femme forte, fusil à la main, sans casque ni protections qui fonce droit dans le tas ! Mais faudrait-il déjà que je puisse écrire sur ce sujet. La commission n'approuverait pas même si je n'ai aucun lien avec des résistants.

Lena et Clément rigolent nerveusement.

ERIC. *Il prend les papiers des mains de Lena, et les rend à Kay.* Assez rêvassé, monsieur l'artiste, il est tard, demain c'est le grand jour ! Ne te soucis pas de ton texte, il est parfait, comme d'habitude !

KAY. Oui, merci ! Je vous dirais comment cela s'est passé demain ! *Il sort, pressé.*

Les autres lui font un signe d'au revoir. Ils soupirent tous de soulagement.

CLÉMENT. *Inquiet.* Vous pensez qu'il sait quelque chose ?

ERIC. Le connaissant non.

LENA. On ne pourrait pas le mettre dans la confidence ?

ERIC. Tu veux vraiment mettre dans la confidence quelqu'un qui travaille proche du gouvernement ?

LENA. Je pensais que c'était ton ami, tu peux lui faire confiance non ?

ERIC. Ce n'est pas en lui que je n'ai pas confiance.

HEDWIGE. C'est ce qu'il pourrait lui arriver qui est délicat. Gardons-le loin de ces histoires, c'est mieux pour nous tous.

SCÉNE 8

Kay, le responsable de la culture, le Capitaine de Rémur et le Lieutenant Leblanc.

Dans les bureaux de la culture, Kay entre.

LE RESPONSABLE. *Il se lève.* Kay ! Quel plaisir de vous revoir ! Prenez place.

KAY. *Il s'installe.* Bien le bonjour, je vous amène ma nouvelle pièce. *Il lui tend ses feuilles.*

LE RESPONSABLE. Parfait, parfait ! *Il prend les feuilles et regarde sa montre.* La commission se tient dans à peine trois heure. *Il feuillette la pièce.* Ponctuel comme à votre habitude !

Le Capitaine de Rémur entre accompagné du Lieutenant.

CAPITAINE DE RÉMUR. Je vois que vous avez suivis mes conseils, éminent artiste.

LE RESPONSABLE. Capitaine de Rémur. *Il s'incline devant lui.*

LIEUTENANT LEBLANC. Bonjour monsieur !

CAPITAINE DE RÉMUR. *Il prend les feuilles des mains du responsable.* Laissez-moi voir cela.

LE RESPONSABLE. Attendez, c'est pour la commission …

CAPITAINE DE RÉMUR. Je peux très bien remplacer la commission.

LIEUTENANT LEBLANC. Mais vous disiez que le théâtre ne vous intéressait pas.

CAPITAINE DE RÉMUR. Taisez-vous Lieutenant. *Il feuillette la pièce.*

KAY. *Insolent.* J'espère que la pièce sera à votre gout éminent Capitaine.

CAPITAINE DE RÉMUR. *Visiblement énervé.* Humm... Je n'aime pas le personnage de Victoria, trop insolente à mon goût. Trop de personnage féminin sont présents. *Un temps.* Trop de personnages tout court. Supprimez-en. Et le caractère des femmes est trop imposant, les hommes sont étouffés. *Grivois.* La place de la femme est à la cuisine, ou derrière son balai. Changez-moi cela.

LE RESPONSABLE. Mais la commission…

CAPITAINE DE RÉMUR. La commission sera d'accord avec moi, tout comme notre Ultime Guide. *Le Lieutenant s'apprête à faire son salut habituel.* Arrêtez-vous tout de suite Lieutenant, ou je vous renvoie dans votre province aller contrôler les vaches et les moutons !

LIEUTENANT. *Fébrile.* Très bien Capitaine.

CAPITAINE DE RÉMUR. *A Kay.* Je viendrais chercher le texte moi-même demain matin, sinon vous ne pourrez pas jouer votre pièce. *Mesquin.* Quel dommage !

LIEUTENANT LEBLANC. *Sérieux.* Oui ce serait vraiment dommage.

KAY. Mais il est quatorze heures, ça ne me laisse qu'une après-midi pour changer mon texte !

CAPITAINE DE RÉMUR. Vous oubliez la nuit cher artiste. Vos talents de saltimbanque ne compte pas la logique apparemment. Rendez-moi ça demain. *Il sort.*

LIEUTENANT LEBLANC. Bonne chance Monsieur Kay !

CAPITAINE DE RÉMUR. *De la coulisse.* LIEUTENANT !

Le Lieutenant sort.

SCÉNE 9

Kay et Eric.

Chez Kay, il est allongé sur une table, une bouteille de vin à la main.

ERIC. *Il entre.* Kay ? Ça va ?

KAY. *Visiblement alcoolisé.* Question rhétorique mon cher Eric ! Je suis allongé sur ma table ! Il ne faut pas grand-chose de plus !

ERIC. C'est surtout la bouteille à la main qui m'a mis la puce à l'oreille.

KAY. *Il se relève.* Certes !

ERIC. La commission s'est mal passée ? Qu'est qu'ils t'ont dit ?

KAY. Question rhétorique mon cher Eric ! Ce n'est pas un « ils » avec un « s » mais un « il » avec … Un « l », au singulier ! C'est Monsieur le Capitaine Misogyne qui m'a demandé de faire des changements parce que Monsieur le Capitaine n'accepte visiblement pas que des personnages féminins, *insistant :* de fiction, puissantes et caractérielles puissent exister ! Surement des problèmes conjugaux…

ERIC. Tu sais, Corneille avec « le Cid » a été accusé par deux dramaturges de son époque pour ne pas avoir respecté les règles du théâtre classique. Ensuite il a réécrit sa pièce sur plusieurs années.

KAY. L'ancien monde a l'air si simple, moi, là il faut toooouuuut que je réécrive pour demain matin ! Chose impossible ! Mais c'est tout à fait fait exprès !

ERIC. Et du coup tu abandonnes.

KAY. Que faire de plus ? Si je tiens trop tête au

Capitaine de Rémur, je vais m'attirer des ennuis !

ERIC. Attends, attends, le Capitaine ce n'est pas l'Ultime Guide, et l'Ultime Guide veut voir tes pièces, sers-toi de ça comme pression contre le Capitaine !

KAY. Mais il travaille pour l'Ultime Guide.

ERIC. Il m'a l'air de faire un peu ce qu'il veut en ce moment, rabat lui son caquet un peu.

KAY. *S'avachit.* J'ai pas autant de volonté que toi.

ERIC. *Il lui prend la bouteille des mains.* L'alcool ça te va pas ! *Il pose la bouteille et met les feuilles de Kay devant lui.* Je sais que tu peux le faire Kay. Tu écrivais tes premières pièces en école primaire pour les jouer avec la classe.

KAY. Mais c'était des petites piécettes.

ERIC. Petites piécettes ou pas ça reste des pièces ! Aller, on se motive !

Kay ne semble pas vouloir se motiver, Eric le secoue.

SCÉNE 10

Les mêmes et Lena.

Elle entre.

LENA. *Joyeuse.* Et bonjour ! *Elle voit Kay avachit et Eric qui le secoue.* Qu'est-ce qu'il se passe ici ? Je vous dérange peut-être ?

ERIC. Non justement ! Tu arrives à point nommé !

LENA. Qu'est-ce qu'il t'arrive Kay ?

KAY. Faut que je réécrive tooouuuute ma pièce !

LENA. *A Eric.* Il est bourré ?

ERIC. Oui totalement.

LENA. Il abandonne ?

ERIC. Question rhétorique.

LENA. Laisse-moi faire.

Lena s'approche de Kay, Eric la laisse faire.

KAY. *Il voit Lena approcher, il tend ses bras vers elle, elle l'enlace.* Le Capitaine de Rémur dit qu'il faut que je supprime des personnages et que je change le caractère des femmes.

LENA. Pourquoi ?

KAY. Il dit que les femmes ne font que la cuisine et

le ménage.

LENA. *Elle le prend mal.* Tu veux de l'aide pour tout réécrire ?

KAY. Oui. *Un temps.* C'est pour demain.

LENA. *Elle s'écarte.* Bon, déjà tu vas te passer sous la douche histoire de décuver et on se met à deux sur la réécriture, ça ira plus vite.

Kay se lève en titubant légèrement, Eric décide d'aller l'aider, ils sortent.

LENA. *Elle regarde les feuilles de la pièce.* Il commence à devenir problématique ce Capitaine. *Elle lit et réfléchit.* Peut-être que ça ferait une bonne opportunité pour que Kay ouvre les yeux sur sa condition ! Si j'arrive à lui faire ajouter quelques répliques subtiles… Non je ne peux pas lui faire ça. *Un instant.* Et si …

ACTE III

SCÉNE 1

Kay, Lena, Eric, le Capitaine de Rémur et le Lieutenant Leblanc.

Chez Kay, Lena et Kay écrivent, Eric dort dans un fauteuil.

KAY. J'ai une de ces gueules de bois…

LENA. Il ne fallait pas boire autant. Aller courage ! Il faut encore adapter cette scène et on a fini.

Kay écrit sous la supervision de Lena. Le Capitaine de Rémur entre suivis du Lieutenant Leblanc.

CAPITAINE DE RÉMUR. Je vois que vous avez mis votre nuit à profit, cher maître Kay.

KAY. *Insolent.* Rien n'est trop beau pour faire plaisir à mon public, et à notre cher, *insistant,* Guide Ultime !

Eric se réveille en sursaut. Le Lieutenant Leblanc commence son geste, le Capitaine de Rémur lui lance un regard noir, il se retient.

LIEUTENANT LEBLANC. Nous… nous devenons plus souple sur les conventions… il semble que le salut soit trop long…

ERIC. *Il s'approche.* Selon qui ?

CAPITAINE DE RÉMUR. Selon moi. *Il remarque que c'est Eric.* Oh ! Eric d'Aigremont !

LENA. *Surprise, bas à Kay.* Eric a un nom à particule ?

KAY. Oui.

LENA. Mais ça veut dire que…

LIEUTENANT LEBLANC. *Il se rapproche d'eux.* Oui, le père d'Eric est un grand monsieur de la milice !

ERIC. Vous décidez à la place de notre Ultime Guide ? Vous savez, c'est ce qui a couté la vie à mon père.

CAPITAINE DE RÉMUR. Votre père était un imbécile utopique qui ne savait pas quand s'arrêter. Mais je ne suis pas venu pour ça. *Il tend la main attendant qu'on y dépose le texte.*

Kay se lève et lui donne la pièce de loin, ce qui oblige le Capitaine à se rapprocher, il la feuillette, satisfait.

CAPITAINE DE RÉMUR. Voilà qui est mieux ! L'histoire est plus simple à suivre, les hommes sont

riches et actifs, les femmes s'occupent de la
maison, tout est à sa place ! Cela fera grand plaisir
à l'Ultime Guide.

LIEUTENANT LEBLANC. *Il profite de
l'occasion.* Maitre Kay, pourriez-vous me
dédicacer cette photo ? Regardez c'est moi, ma
femme et notre fille, elles vous adorent ! Ça leur
ferait très plaisir.

KAY. Oui bien sûr ! *Il s'apprête à signer.*

CAPITAINE DE RÉMUR. Lieutenant nous y
allons. *Il sort.*

LIEUTENANT LEBLANC. Attendez un instant
Capitaine !

KAY. Comment s'appellent votre femme et votre
fille ?

LIEUTENANT LEBLANC. C'est Michelle et
Lisa.

CAPITAINE DE RÉMUR. *Il crie des coulisses.*
Lieutenant !

KAY. *Au Lieutenant.* Il peut bien attendre quelques
secondes. *Il signe la photo et lui donne.*

LIEUTENANT LEBLANC. *Il récupère sa photo.*
Oh merci beaucoup pour elles ! *Il sort en hâte.*

LENA. Pauvre Lieutenant, le Capitaine est dur avec lui.

KAY. Si seulement il pouvait ouvrir les yeux et demander une mutation ou quelque chose.

ERIC. En parlant d'ouvrir les yeux, Kay, tu devrais d'abord t'occuper des tiens.

KAY. Je sais ce que tu vas me dire, et j'imagine très bien Hedwige renchérir : « Tu vas vraiment te laisser faire par ce Capitaine de malheur ! Tu sais Kay, je t'aime pas, c'est un fait, mais tu as vraiment envie de te faire rabaisser toute ta vie par ce malotru ? ».

Lena et Eric applaudissent.

KAY. Sur ce, les ami.es, je vais me reposer.

LENA. Vas-y, nous allons partir avec Eric.

Kay sort. Eric et Lena se regardent.

ERIC. Kay semble enfin se révolter un peu.

LENA. Toi aussi tu as remarqué !

ERIC. Tu penses à la même chose que moi ?

LENA. Ça ne me ravit pas mais oui.

SCÉNE 2

Clément, Eric, Hedwige et Lena.

Au bureau de la résistance.

HEDWIGE. Vous me dîtes que Kay commence à se rebeller ?

ERIC ET LENA. Oui !

ERIC. Mais c'est subtil.

LENA. Il n'empêche qu'il ouvre les yeux !

HEDWIGE. C'est pas suffisant. Désolé de vous couper dans votre joie là, mais tant qu'il ne déposera pas sa plume pour prendre les armes je ne serais pas convaincu.

LENA. Non mais attends Hedwige, j'ai eu une idée !

ERIC. Elle va te plaire j'en suis sûr.

HEDWIGE. Ma p'tite, t'es dans la résistance depuis une petite semaine, et vous deux vous êtes trop attachés à Kay pour que je vous prenne au sérieux.

ERIC. Il pourrait devenir utile à la résistance Hedwige.

CLÉMENT. Vous lui en avez parlé avant ?

LENA. Euh… Non. Il ne serait pas d'accord je pense.

HEDWIGE. Donc il n'est pas prêt.

ERIC. Le but ce n'est pas qu'il le sache, mais qu'il nous serve.

CLÉMENT. *Étonné.* Et c'était ton idée Lena ?

LENA. Oui.

HEDWIGE. *Soudainement intéressé.* Utiliser Kay ?

LENA. Ecoute, il a pris du retard et des rumeurs circulent comme quoi la pièce se jouera dans un mois.

CLÉMENT. Alors qu'elle vient d'être accepté ?

ERIC. On soupçonne le Capitaine de Rémur de les avoir lancés, il ne veut visiblement pas que Kay joue sa pièce.

CLÉMENT. Ou il veut que Kay déçoive l'Ultime Guide.

HEDWIGE. *Elle réfléchit.* Et comment voudrais tu profiter de cette situation Lena ?

LENA. Je vais vous expliquer.

SCÉNE 3

Le Capitaine de Rémur, le Conseiller de l'Ultime Guide, des Capitaines.

Dans le palais de l'Ultime Guide.

Le Capitaine attend, une allée de Capitaines entrent.

LES CAPITAINES. Nous nous dévouons et nous saluons le Conseiller de notre Ultime Guide du Monde à la Lumière Rayonnante de la Seule et Vraie Vérité, le Soleil de l'Illumination des citoyens !

Le Conseiller entre avec peine, le Capitaine le salut.

LE CONSEILLER. Merci d'être venu rapidement Capitaine.

CAPITAINE DE RÉMUR. Vous avez dit avoir un message urgent de notre Ultime Guide.

LE CONSEILLER. En effet, notre Ultime Guide semble contrarié.

CAPITAINE DE RÉMUR. Par rapport à quoi ?

LE CONSEILLER. Il semblerait que Maître Kay joue très prochainement sa pièce qui vient à peine d'être approuvé n'est pas ?

CAPITAINE DE RÉMUR. Oui, j'ai entendu les rumeurs. *Moqueur.* Mais pourquoi s'inquiéter du théâtre ?

LE CONSEILLER. Notre Ultime Guide aime profondément les pièces de théâtre, particulièrement les comédies de Maître Kay, c'est un moment de divertissement et de détente pour lui.

CAPITAINE DE RÉMUR. *Dans sa barbe.* Un divertissement de femme.

LE CONSEILLER. Pardon ?

CAPITAINE DE RÉMUR. Je disais : un ravissement de l'âme !

LE CONSEILLER. *Étonné.* Vous aimez donc aussi le théâtre ?

CAPITAINE DE RÉMUR. Oui, j'ai eu d'ailleurs la chance de rencontrer Maitre Kay.

LE CONSEILLER. Il y aurait-il des indices expliquant cet empressement ?

CAPITAINE DE RÉMUR. Il semble qu'il soit

devenu fou, vous savez je suis allé le voir à son atelier pour récupérer gracieusement sa pièce après la commission.

LE CONSEILLER. J'ai eu vent de cela oui.

CAPITAINE DE RÉMUR. Heureusement que j'étais là Monsieur le Grand Conseiller ! Il n'avait toujours pas enlevé l'amourette des personnages !

LE CONSEILLER. Notre Ultime Guide ne s'en serait pas remis.

CAPITAINE DE RÉMUR. Peut-être ne s'en remettra-t-il pas …

LE CONSEILLER. *Inquiet.* Comment cela ?

CAPITAINE DE RÉMUR. Le texte de la pièce répond aux attentes de l'Ultime Guide de ce que j'ai lu, cependant… *Un temps.* Et si Kay était devenu assez fou pour aller à son encontre ?

LE CONSEILLER. Pensez-vous qui le serait ?

CAPITAINE DE RÉMUR. Nous ne savons pas quoi attendre des idéalistes Monsieur le Grand Conseiller.

LE CONSEILLER. Gardez le Maître à l'œil dans le doute.

CAPITAINE DE RÉMUR. *Faussement concerné.*

Qu'arriverait-il au Maître si jamais il se rebelle, rien qu'un peu ?

LE CONSEILLER. Vous savez bien ce que prévois la loi, une semaine de détention avec torture selon le niveau d'offense envers l'Ultime Guide, puis mise à mort avec la méthode que préférera l'Ultime Guide.

CAPITAINE DE RÉMUR. Ce serait si dommage !

LE CONSEILLER. Oui, Maître Kay est un grand esprit. *Une sonnerie retentit, les Capitaines se mettent en mouvement et sortent.* Je dois rejoindre notre Ultime Guide, revenez à moi si Maître Kay va à l'encontre de la volonté de l'Ultime Guide. Sur ce, au revoir. *Il sort.*

CAPITAINE DE RÉMUR. Au revoir Grand Conseiller ! *Il attend sa sortie, il soupire.* Qu'il est compliqué d'être dirigé par des femmelettes ! Si c'était moi l'Ultime Guide nous n'aurions pas à nous rabaisser à tout cela. Essayons tout de même de tirer parti de cette situation. *Il sort.*

SCÉNE 4

Kay, Lena, Eric et Clément.

Chez Kay, il lit des lettres.

KAY. *Dépité.* Ça va être impossible …

Lena entre en première suivie d'Eric et de Clément.

LENA. Hey Kay, ça n'a pas l'air d'aller bien fort.

KAY. Lena si tu savais ! Je vais devoir contrer les rumeurs, jouer dans un mois ne sera pas possible.

LENA. *Intéressée.* Pourquoi ?

Eric et Clément sont tout aussi attentifs.

KAY. J'ai adressé des lettres à mes comédiennes et comédiens habituels, Charles répond présent ainsi que Louise, mais tous les autres ne peuvent pas être disponibles pour jouer dans si peu de temps, il me manque donc beaucoup de personnages, sans comédiens comédie il n'y aura pas !

Lena regarde Eric et lui fait un signe de tête lui indiquant d'aller parler à Kay.

ERIC. Mais cela ne va pas te poser des soucis avec le gouvernement ? L'Ultime Guide attend de voir la pièce, s'il est déçu que va-t-il se passer ?

KAY. *Soudainement pâle, il se touche la gorge.* Je n'ose imaginer. Mais que faire ?

CLÉMENT. On pourrait peut-être t'aider.

KAY. Comment ?

CLÉMENT. Moi je peux aider sur les costumes par exemple, et peut être jouer un rôle secondaire s'il ne parle pas beaucoup.

LENA. Moi je peux jouer ! Tu as bien fait un personnage pour moi, même s'il a changé à cause du Capitaine de Rémur, il reste pour moi non ?

ERIC. Je pourrais aussi éventuellement jouer un rôle pas trop compliqué.

KAY. *Soudainement requinqué.* Mais c'est formidable ! Faire du théâtre avec mes ami.es ! Il faudra que je vous forme un minimum. Ainsi, *il regarde ses papiers et réfléchit,* si je prends un des rôles, que Clément fait de la figuration pour plusieurs personnages, Charles en tant que Monsieur de Fontenay et Louise en servante du Duc, qui serait joué par moi, Lena en tant que Victoria et Eric en tant que Comte… Il me manquerait qu'un seul personnage ! La Duchesse ! Si vous arrivez à me trouver quelqu'un pour la jouer nous pourrions nous représenter et ma tête serait sauve !

LENA. *Elle regarde Clément et Eric une idée derrière la tête.* Ne t'inquiète pas Kay, j'ai déjà une idée.

KAY. Génial ! Je me mets à l'élaboration de la mise en scène et des éclairages, rendez-vous demain en début de matinée pour les premières répétitions ! Clément, pourrais-tu aller quérir Charles et Louise ? Je te donne leurs adresses. *Il note les adresses sur un papier.*

CLÉMENT. *Il se précipite vers Kay.* Avec grand plaisir, je ne veux pas participer au plan machiavélique de Lena.

LENA. *Elle emmène Eric de force.* A demain Kay ! *Ils sortent.*

KAY. A demain ! Ça fait plaisir de voir qu'elle devient de plus en plus active. Je me demande qu'est-ce qui a pu l'inspirer ainsi.

CLÉMENT. Peut-être que c'est arrivé tout seul.

KAY. Peut-être oui. Alors il faudra que je sois jaloux de la vie elle-même ? *Clément ne semble pas comprendre.* Ah, laisse tomber, j'aimerais tant être la personne qui lui apporte cette énergie.

CLÉMENT. Tu le deviendras peut-être un jour.

KAY. Je l'espère. *Il lui tend la note.* Tiens, à demain, et merci pour tout ce que vous faites pour moi.

CLÉMENT. *Gêné.* De rien, c'est normal. Bon bah, à demain ! *Il sort.*

KAY. A demain ! Lui aussi a changé en un sens.

SCÉNE 5

Eric, Lena, Kay, Clément et Hedwige.

Dans l'atelier de Kay.

Ils répètent, Clément fait des retouches sur les costumes.

HEDWIGE. *Elle entre en robe de noble.* Non ! Je refuse !!

KAY. Il y en a qui ne change pas.

HEDWIGE. Mais c'est quoi cet accoutrement ?!

KAY. Tu es sensé jouer une noble Hedwige.

HEDWIGE. Moi je suis pas une noble !

CLÉMENT. On le sait ça Hedwige.

LENA. C'est le but du théâtre, de jouer quelqu'un que nous ne sommes pas.

HEDWIGE. Je peux pas jouer un rôle que je comprends pas !

CLÉMENT. Tu n'as jamais vu les défilés des nobles à la télé ?

HEDWIGE. Si, mais je les aime pas.

ERIC. Fait un effort, sinon Kay ne peut pas jouer.

Clément, Eric et Lena la regarde intensément.

HEDWIGE. Bon d'accord. Comment ça se passe ?

KAY. Alors dans cette scène la Duchesse arrive désespérée car elle vient de se faire voler sa bourse par le personnage que je joue, Hector, elle essaie de voler de l'argent au Comte en le séduisant.

HEDWIGE. Le Comte qui est joué par ?

ERIC. Moi.

HEDWIGE. Oh fan, bon bah quand faut y aller, faut y aller ! *Elle prend son texte en main et commence à jouer.* « Oh, cher Comte, vous ne savez pas ce que je viens de vivre ! »

ERIC. *Avec son texte aussi.* « Non effectivement Duchesse. »

HEDWIGE. « La pire des infamies m'a été faites ! Elle essaie de s'effondrer sur le Comte. »

KAY. Ce qui est écrit en italique c'est une didascalie, ça ne se lie pas, c'est ce que fait ton personnage.

HEDWIGE. Ah, bon. *Elle joue ce qui est écrit en didascalie.*

KAY. Là, Eric, tu l'esquives.

ERIC. *Il l'esquive.* « Vous m'en voyez désolé Duchesse. »

KAY. Bien. On reprend juste ce passage, Hedwige essaie de faire en sorte que le Comte te croit dans ce que tu dis. Lena tiens-toi prête, après on entre, nous venons de passer la nuit ensemble et la Duchesse doit mettre en plein jour le côté frivole de mon personnage.

LENA. D'accord !

HEDWIGE. *Sarcastique.* Très bien Maître Kay ! *Elle va en coulisse.*

SCÉNE 6

Les mêmes, le Capitaine de Rémur et le Lieutenant Leblanc.

Le Capitaine et le Lieutenant entrent et applaudissent.

CAPITAINE DE RÉMUR. Quel spectacle ! C'est saisissant !

KAY. Il ne me semble pas vous avoir invité aux répétitions.

LIEUTENANT LEBLANC. Oh désolé, nous allons partir alors.

KAY. Non, vous vous êtes le bienvenue Lieutenant.

CAPITAINE DE RÉMUR. Nous n'allons pas rester longtemps. Je vois que vous êtes productif et vous avez recruté des effectifs assez … spéciaux.

HEDWIGE. Je sais que je suis pas une bonne comédienne, mais je suis là pour aider Kay, même si ça me fait mal de le dire.

ERIC. Tant que notre Ultime Guide a sa pièce, j'imagine que les choses reprendront leurs cours.

LIEUTENANT LEBLANC. C'est même certains ! Avant la prochaine commission Maître Kay aura le temps de se reposer après avoir un peu tourné.

CAPITAINE DE RÉMUR. Si tournée il y a. *Il inspecte les environs, s'arrête près de Lena.* Vous jouez aussi très chère ? C'est culotté.

LENA. Pourquoi cela ?

CAPITAINE DE RÉMUR. Depuis votre acte de rébellion vous êtes sous surveillance de la milice, faire jouer une potentielle criminelle ne plaira pas à notre Ultime Guide. Il vous faut donc changer de comédienne.

KAY. Convoiteriez-vous son rôle Capitaine ?

CAPITAINE DE RÉMUR. *Dédaigneux.* Non. Mais si vous n'avez personne vous n'avez qu'à supprimer le personnage.

CLÉMENT. Nous ne pouvons pas.

LENA. Nous n'avons pas le temps de tout réécrire !

KAY. Et nous n'en avons pas l'intention.

CAPITAINE DE RÉMUR. Plaît-il ?

KAY. Vous m'avez très bien entendu Capitaine.

CAPITAINE DE RÉMUR. Vous désobéiriez donc à un ordre provenant d'un Capitaine ?

KAY. Sauf votre respect Capitaine, les personnes avec qui j'interagis par rapport à mes pièces sont des gens de la commission ou le Conseiller de l'Ultime Guide, vous n'êtes ni l'un ni l'autre, et encore moins une personne de théâtre. Or, mon plus fidèle client est l'Ultime Guide lui-même. Alors, à moins que vous ne fassiez venir son Conseiller ou un membre de la commission avant la première représentation pour venir discuter ma distribution, je n'en changerais pas un personnage.

CAPITAINE DE RÉMUR. *En colère.* Ne croyez pas que cela s'arrêtera ici, moi vivant ne pensez pas continuer votre petite vie de saltimbanque si paisiblement. *Il sort.*

LIEUTENANT LEBLANC. *Il hésite.* Je euh… Je vois que vous êtes en petit nombre, peut-être vous serais-je d'une certaine utilité ?

CLÉMENT. Nous avons pris du retard sur les décors, alors peut-être que des bras en plus pour transporter quelques affaires seraient les bienvenues !

LIEUTENANT LEBLANC. Qu'en pense le Maître ?

KAY. Vous nous serez d'une grande aide Lieutenant. *Il regarde l'heure.* Venez, nous devons aller chercher une grande table pour la scène 7 de l'acte 3.

LIEUTENANT LEBLANC. *Content.* Avec plaisir !

Kay, le Lieutenant Leblanc et Lena sortent, Clément continue de coudre et Eric et Hedwige répètent.

SCÉNE 7

Kay et Lena.

Au théâtre, en coulisse, une table.

Lena entre discrètement et s'approche d'une caisse, elle fouille dedans et en sors un fusil qu'elle cache dans son costume à portée de main, Kay entre, elle se cache sous la table.

KAY. J'espère qu'elle va bien se passer cette première. Tant qu'Hedwige reste dans son rôle il y a Charles et Louise pour sauver la pièce, ils ont l'expérience nécessaire. Et puis je serais là, pas besoin que je m'en fasse n'est-ce pas ? *Il réfléchit.* Non je ne m'en fais pas pour ce soir. Je m'inquiète du futur en fait. Avant j'avais juste à respecter la commission pour continuer mon métier mais avec le Capitaine de Rémur dans les pattes, ça risque de devenir de plus en plus compliqué de travailler sereinement. Quand bien même j'en parlerais au Conseiller de l'Ultime Guide, il serait plus à l'écoute d'un Capitaine que d'un artiste, aussi connu soit-il. Parfois j'imagine ce que m'a suggéré Hedwige : un théâtre libre, comme dans les livres d'Eric, des troupes tournant dans plusieurs villes, créant leurs pièces sans approbation d'un gouvernement, ne risquant jamais un contrôle de la milice ou la haine d'un Capitaine. Ça a l'air fou dit comme ça je sais, mais je me suis fait cette réflexion durant ce long mois de travail : si on n'aspire pas à mieux, rien ne nous sera donné. *Soupir.* Si seulement ce Capitaine de malheur été resté loin de mes affaires. *Il réfléchit.* Perdre mon métier par sa faute ? Jamais, autant rejoindre un groupe de résistants dès maintenant et abandonner les planches. Mais est-ce uniquement comme ça que je peux les défendre ? *Il a soudainement une idée, il saisit son texte et écrit par-dessus.* Si je décide de passer à l'action autant que ce soit le plus théâtralement possible. *Puis il soulève une planche du sol et en sors un fusil.* Je le gardais en cas de problème urgent, n'en est-il pas ? *Il sort.*

LENA. *Elle sort de sa cachette, elle se jette sur les feuilles de Kay.* Il a réécrit cette scène. *Elle la lit.* Je suis dedans. Mais c'est un peu tôt… On pensait faire ça à la fin de la pièce le temps de la jouer et ne pas mettre Kay en porte-à-faux mais autant se coordonner à lui s'il va jusqu'au bout des choses. Je vais prévenir les autres. *Elle sort.*

SCÉNE 8

Eric, Lena, Hedwige, Clément, le Capitaine de Rémur, le Lieutenant Leblanc, l'Ultime Guide, le Conseiller de l'Ultime Guide, Charles et Louise (comédiens de Kay).

Au théâtre, salle.

Les membres du gouvernement sont installés dans la salle, la pièce a déjà débuté, une nouvelle scène se lance, Eric est sur le plateau, Hedwige entre.

HEDWIGE. Oh, cher Comte, vous ne savez pas ce que je viens de vivre !

ERIC. Non effectivement Duchesse.

HEDWIGE. La pire des infamies m'a été faites ! *Elle essaie de s'effondrer sur le Comte.*

ERIC. *Il l'esquive.* Vous m'en voyez désolé Duchesse.

HEDWIGE. *Séductrice.* Si seulement vous pouviez m'aider, Comte, à réparer ce vilain acte !

ERIC. *Il se râcle la gorge.* Hum, oui bien sûr. Mais j'ai un autre rendez-vous !

HEDWIGE. *Jalouse.* Avec qui ?

LENA. *Elle entre au bras de Kay.* Avec moi.

HEDWIGE. Monsieur le Duc ! Vous osez vous montrer devant moi après ce que vous m'avez fait et au bras d'une nouvelle noble !

LENA. D'une nouvelle noble ?!

KAY. Vous faites erreur Duchesse !

HEDWIGE. La dernière fois vous étiez avec Demoiselle Longchamp !

LENA. Demoiselle Longchamp ?!

KAY. *A Lena, sincère.* A vrai dire, Demoiselle

Longchamp était une erreur, depuis que je vous ai rencontré il n'y a que vous.

Les autres comédiens se regardent, les membres du gouvernement chuchotent entre eux.

LENA. *Elle improvise.* Mais enfin, vous voyez toujours Demoiselle Longchamp non ? *Regard appuyé vers Hedwige.*

HEDWIGE. Ah oui ! Je vous ai vu !

KAY. Non. La dernière fois que je l'ai vu, c'était pour lui dire que je souhaitais rompre notre liaison. Pour vous Victoria. Car je vous aime.

Silence, du mouvement se fait du côté de membres du gouvernement.

KAY. Je suis un homme Madame, je respire, je peux rire, je vis. Mais ce n'est pas suffisant de nos jours pour être un homme avec un grand H. Vous me demandiez tout à l'heure si je n'étais pas qu'une simple brute, ici je vous réponds que oui, je l'étais. On m'a beaucoup qualifié de frivole, de coureur de jupon ou encore de « goujat ». On disait que j'étais le plus heureux des hommes car j'étais libre d'aller voir qui je voulais, mais je n'étais pas libre d'aimer. Je me suis trop longtemps conforté dans ce luxe miséricordieux qu'on pense m'avoir gracieusement accordé. Ainsi ce soir, je viens clamer ce qui m'est dû de droit à la naissance : la liberté.

Kay et Lena sortent leurs armes, Kay tirent sur le Capitaine de Rémur, Lena sur l'Ultime Guide et son conseiller, les autres s'agitent, Eric et Hedwige donnent des instructions, le chaos s'installe dans la salle.

KAY. *Il se retourne étonné vers Lena.* Lena ? Je …

LENA. Ne dit rien Kay, tout est fini maintenant.

KAY. Mais, depuis combien de temps ? Et qui d'autre ?

LENA. Tu le sauras bien assez vite.

CLÉMENT. Il faut qu'on se mette en mouvement Lena ! Hedwige et Eric sont déjà en route vers la prochaine étape. *Il sort.*

LENA. J'arrive !

CLÉMENT. La prochaine étape ?

LENA. Tu te doutes que l'assassinat de l'Ultime Guide ne suffira pas à changer les choses. *Elle commence à s'en aller.*

KAY. Attends ! *Lena s'arrête.* Amène-moi avec toi… Avec vous.

LENA. *Elle lui tend la main.* Nous t'avons attendu.

Il attrape sa main, ils sortent.

FIN